AF468062

PRÉVISIONS

SUR L'ÉTAT ET LES ÉVÉNEMENS EXTRAORDINAIRES
QUE L'ÉCRITURE SAINTE PRÉPARE A LA FRANCE ;

PAR

PAULIN BONNET,

DE LODÈVE.

Amen, amen, dico vobis....

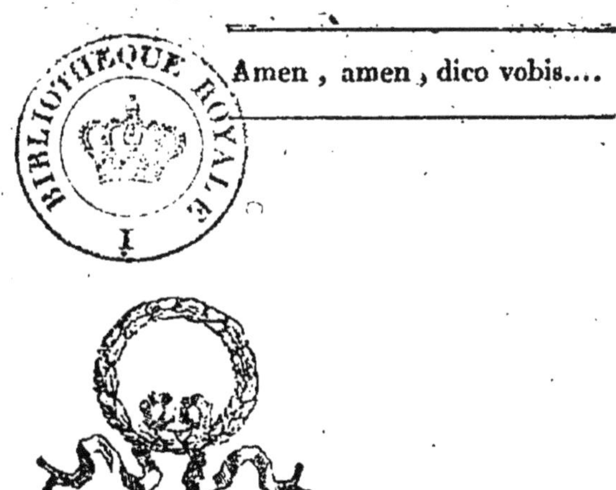

LODÈVE. — 1835.

INTRODUCTION.

Je sais d'avance que je vais parler un langage que peu de personnes croiront d'abord. L'Écriture sacrée me l'inspire ; ma conviction me détermine. J'espère même qu'en y réfléchissant bien, tous mes lecteurs partageront ma façon de penser.

Mais, dira-t-on, sans doute, quel est cet homme qui puise ainsi dans un texte purement religieux des sentimens et des prévisions purement politiques ?...... Cet homme, vous répondrai-je, a fait une étude sérieuse et approfondie de l'écriture sainte ; il y a vu la destinée d'un grand peuple et d'un grand homme. Il a médité sur les actions passées, il a cru fortement à celles que l'avenir nous présente. Il a comparé ce qui est arrivé avec les prédictions qui en avaient été annoncées ; il s'est convaincu que tout s'est accompli comme il avait été écrit, et il s'est pénétré de la vérité de cet accomplissement, à tel point qu'il ne doute pas de ce qui reste encore à se réaliser.

On ne manquera pas de critiquer et l'objet de mon ouvrage et le style dont il se compose. Je n'ai point à défendre ici mon opinion ni mon système. Si l'on prend la peine de considérer que plusieurs personnages célèbres ont lu dans l'avenir, qu'il leur a été donné de rechercher et de signaler les événemens futurs dans des élémens dont le commun des hommes ne s'occupe guère ; si l'on admet que les prophètes ont annoncé bien long-temps avant le renversement des empires, le changement des cultes et ces phénomènes incompréhensibles qui ont renouvelé le monde en le délivrant de l'erreur pour y introduire le calme et les douceurs de la foi ; si l'on reconnaît que depuis l'établissement du christianisme, véritable triomphe de l'esprit sur les désordres des sens, des hommes doués de prévision ont exprimé des idées tellement frappantes sur l'avenir, que leur accomplissement seul a pu leur faire trouver grâce auprès des incrédules ; on cessera de s'étonner de mon ouvrage, et on attendra que le temps ait confirmé mes opinions.

Quant au style, on me permettra de ne pas le changer. J'aurais pu le rendre plus agréable à l'oreille, plus en harmonie avec les règles grammaticales et didactiques ; je me borne à répondre à ce reproche que de nombreux exemples sont en ma faveur : le style de la bible, celui de certains contemporains, profanes ou religieux, se distingue soit par une simplicité admirable, soit par une bizarrerie sans nom. J'ai adopté celui qui m'a paru le plus utile.

PRÉVISIONS.

Les habitans de la France seront sans doute surpris ; ils ne penseront pas que la sagesse du Très-Haut distribue aux hommes sur la terre un don aussi précieux que celui des prévisions, et qu'il l'accorde spécialement à ceux qu'elle daigne choisir.

J'ai reconnu que j'avais reçu de Dieu la faculté de comprendre l'écriture sainte ; de discerner ce que les autres hommes n'ont pu concevoir.

Pour démontrer cette vérité et mériter de plus en plus la confiance des Français, je vais expliquer un mystère jusqu'à présent inaperçu, c'est-à-dire, une partie de l'Apocalypse.

Je commence par le chapitre 17, n.° 7. Ici l'ange me dit : pourquoi êtes-vous étonné? Je vous révélerai le mystère de cette femme et de la bête qui la porte : elle a sept têtes et dix cornes.

La bête à sept têtes est énoncée au n.° 9. Ces sept têtes sont sept montagnes ; elles sont aussi sept rois.

La bête à dix cornes est mentionnée au n.° 12. Ces dix cornes sont dix rois qui n'ont point encore régné : la puissance leur sera accordée pour un peu de temps.

Ce mystère s'est accompli : la France a vu le grand monarque Napoléon, empereur ; les dix rois dont parle le n.° 12 sont assez connus ; les journaux de l'époque, les souvenirs personnels des hommes qui ont vécu, expliquent assez la série de leurs actions et de leurs victoires. Dieu s'est servi d'eux pour réaliser sa volonté écrite dans les livres sacrés.

En rapportant à ce texte du n.° 12 et à celui du n.° 13, le merveilleux du règne de ce grand homme qui a produit vingt-cinq ans de gloire, je ne crains pas d'avancer que les hommes n'ont point compris le motif que Dieu a eu pour accorder tant de splendeur à la France : je vais donc en donner l'explication.

Dieu a fait choix de la créature qu'il a distinguée parmi toutes les autres ; il lui a dit : conduis et gouverne mon peuple, accomplis le mystère de la femme et de la bête qui la porte ; cette bête a sept têtes et dix cornes ; tu renverseras tous les trônes de l'Europe, tu relèveras ceux que tu voudras relever ; tu complèteras enfin tout ce qui est annoncé dans le n.° 12. Tu marcheras avec rapidité contre tes ennemis ; rien ne pourra te résister ; je ferai tomber dans la poussière, à l'aide de ton bras, tout ce qui tenterait d'opposer le moindre obstacle à tes projets : remparts, forteresses, citadelles, rien ne t'arrêtera ; tu seras élevé au suprême degré de la force et de la puissance ; mais quand les destinées prévues dans le n.° 7 seront accomplies, tu redescendras, tu seras envoyé en exil ; je te retirerai de ce lieu solitaire ; je te ramènerai de nouveau dans la capitale de ton empire ; tu y régneras jusqu'à la destruction de la Babylone.

Qu'on demande maintenant comment tous ces faits se sont vérifiés, pourquoi je n'ai pas plutôt mis au jour les futures destinées de la France ?...... Ma réponse est toute prête. J'aurais pu rendre public l'événement principal de cette période brillante, lorsque Napoléon était en Russie. Le verset 17, au chapitre 17 de l'apocalypse, indique la fin de son règne ; il dit que Dieu a fixé un terme à Napoléon. En effet : il a fallu battre en retraite, quitter Moscow, aller à Dresde. Alors on a vu la parole accomplie ; Dieu a abandonné son élu ; plus de force, de génie, ni de victoires pour ses soldats ; on recommence la guerre ; mais bientôt il y a suspension d'armes avec les puissances ; tout est en mouvement ; les hostilités reprennent toute leur vigueur.

Je lis dans un passage, en St.-Matthieu, chap. 24, v. 6, lorsque vous entendrez parler de grands bruits de guerre, gardez-vous bien de trembler, car il faut que ces choses-là arrivent ; mais ce ne sera pas encore la fin. — Dieu indique donc tout ce qui doit survenir ; il faut donc que sa volonté s'accomplisse.

La guerre continue, les combats sont nombreux et sanglans ; cependant on abandonne Dresde, on vient à Paris ; là on attend les ennemis qui marchent sur cette capitale de la France ; Napoléon croit disperser toutes leurs forces ; il fait prier Dieu dans l'intérieur de la France pour qu'il lui accorde la victoire ; il est exaucé ; mais il est trahi ; la capitale est envahie. C'est la fin de Napoléon. Voici maintenant son retour en 1815 ; il est prédit par l'apocalypse, chapitre 18, verset 7.

Après tant de victoires, récompensées par un nouvel exil de six ans sur un rocher lointain, la providence aurait-elle condamné le grand homme, pour avoir persécuté le chef visible de l'église ?.... Non, Français, Dieu en a disposé autrement ; dans peu de temps le monarque guerrier reviendra encore et l'éclat de sa présence fera briller son pays d'une merveille qui retentira jusqu'à ses extrémités.

Voilà donc Napoléon parti ; il va être exilé pour la seconde et dernière fois. Cet événement est prévu dans l'apocalypse, chap.e 17, versets 9, 10, et 11. — Il fait ses adieux à son épouse, à son fils, à ses armées, à sa patrie. Soldats, dit-il, je vous quitte, les larmes aux yeux ; je ne rentrerai auprès de vous qu'au jour où vous viendrez me prendre ; je me soumets à la volonté du tout-puissant ; je subirai mon sort.

Napoléon est accompagné par des étrangers ; des Français lui montrent de l'ingratitude et des sentimens peu généreux ; son âme est affligée de devoir sa sûreté à des ennemis.

Les puissances coalisées n'ont pu supporter la vue de celui qui les a tant de fois vaincues.

Ici vient se placer un événement dont on n'a point d'exemple et qu'on n'a pas encore entendu raconter. Je dois la vérité entière à mes lecteurs ; je serai fidèle à mes prévisions.

Napoléon était à S.te Hélène ; les Rois avaient résolu sa mort ; je n'en excepte pas même Louis XVIII qui craignait pour son trône. Des ordres sévères avaient été donnés par suite d'un complot odieux et barbare. Le cuisinier de l'empereur avait été corrompu et engagé à lui administrer du poison. Surpris dans l'exécution de son horrible conduite, il fait l'aveu du crime et nomme les personnes qui l'ont séduit. Restez auprès de moi, lui dit Napoléon, encore quelques jours ; je vous indiquerai l'usage que vous devez faire de la mission infernale dont on vous a chargé.

l'Empereur feint d'être tombé malade ; il ordonne au cuisinier de mettre le poison dans un plat désigné. L'aumônier était l'un des conjurés et il savait dans quel plat était le poison. Ignorant ce qui s'était passé entre le serviteur et le maître, il presse Napoléon de manger du ragoût fatal, sous prétexte qu'il serait salutaire et qu'il contribuerait à son rétablissement. A ces mots l'Empereur s'arme d'un pistolet, le porte sur la gorge de l'aumônier perfide et lui intime de manger lui-même de ce mets, sans quoi il est mort à l'instant. L'aumônier préfère l'obéissance à la rigueur dont il est menacé. Presqu'aussitôt il tombe sans vie. Napoléon se dépouille de ses vêtemens et en fait habiller l'aumônier ; prend lui-même ceux de celui-ci et recommande de rendre les honneurs funèbres à celui qui le représentait. Le bruit de la mort du grand homme se répand ; on y croit. — Montholon et les autres braves qui avaient partagé la captivité du monarque s'emparent de la circonstance, en profitent et agissent avec tant d'habileté que le secret est enseveli avec le traître qui en est la juste victime. Napoléon s'éloigne de S.te-Helène ; Nous le verrons, Français ! A cette époque un journal annonçait qu'un brick portait un grand de la terre. Il s'est évadé ; l'on a publié sa maladie et son trépas. Il vit encore pour le bonheur de la France qui l'implore.

Qui aurait osé croire à ce mémorable événement ? Qui aurait nié la triste fin de l'exilé, tandis que tout semblait se réunir pour en donner la certitude ?

C'est encore dans l'Ecriture Sainte que j'ai puisé la vérité. Je sais que les hommes aveuglés par l'esprit du siècle et par l'erreur, vont crier à l'imposture et démentir mes assertions. Mais mon cœur est rassuré, il a trouvé sa conviction dans les livres sacrés. C'est là le motif qui l'engage à publier ses prévisions. On ne me comprendrait point, sans une semblable explication. L'homme ne comprend pas les choses qui viennent de l'esprit de Dieu, dit l'épître de saint Paul aux Corinthiens, chapitre 2, verset 14, parce qu'elles lui paraissent une folie, s'il n'est pas capable de les concevoir.

Un simple artisan entreprend, il faut en convenir, une tâche bien au-dessus de sa position. Les détracteurs de mon ouvrage ont déjà dit que tant d'écrivains avaient pris, en cette matière, l'ombre pour la réalité ; que dans tous les temps ils avaient annoncé comme nouveau ce qui était arrivé, qu'ils n'avaient répandu aucune nouvelle sur l'avenir. Je combats ce dégoût naturel ; j'avoue qu'il est absurde d'enseigner aux autres ce qu'ils savent parfaitement ; mais j'adjure le témoignage de tous mes concitoyens : qu'ils disent si depuis la retraite de Moscow, je n'ai annoncé tout ce je publie maintenant; si je n'ai constamment soutenu que lorsque l'heure serait arrivée, je mettrais au jour le fruit de mes travaux et de mes pénibles méditations ? Ils répondront d'une commune voix : il a tenu sans cesse le même langage; il a prédit les événemens dont nous avons été témoins, et nous croyons à la réalité future de ceux qu'il assigne dans l'avenir.

Je dois donc faire comprendre ce qui est réservé à la France. L'écriture sainte m'enseigne qu'elle deviendra une république; Dieu seul sait quel sera le jour.

Il me sera difficile, je le crois, de dessiller les yeux de tout le monde. J'ai rencontré beaucoup d'incrédules qui rejéttent l'idée de l'existence de Napoléon ; ils sont convaincus qu'il est mort ; mais ils se trompent. J'espère en son retour ; les textes sacrés m'en donnent l'assurance. Son testament m'en fournit une nouvelle certitude puisqu'il dit : je reverrai mes héros avant d'entrer dans la gloire.

La conviction qui me presse n'a point reculé dans une occasion solennelle. S. A. R. Monseigneur le duc d'Orléans était venu à Montpellier. J'ignorais les événemens arrivés à Paris les 5 et 6 juin 1832. Je pris la liberté d'écrire à ce prince : voici ma lettre.

« Prince, je ne suis pas digne d'entrer dans votre
» maison pour vous rendre les honneurs qui vous sont
» dus : mon extraction est trop humble. Il n'est point
» interdit à Dieu de donner aux hommes, quels qu'ils
» soient, le don de prévision, quand il lui plaît. Je
» viens vous annoncer que je connais, par l'écriture
» sainte, les événemens réservés au trône de France.
» C'est pour cela que je me sens obligé de supplier
» votre A. R. d'avertir mon Roi de se méfier. Le ciel
» menace; je n'en dis pas davantage sur ce point; il

» m'est impossible de résister à Dieu ; que mon Roi se » tourne vers lui, qu'il le prie d'apaiser sa colère ; » qu'il s'attende à un orage affreux ; qu'il désarme son » courroux ! je le désire de tout mon cœur, et que » la paix règne parmi ses sujets. Amen. »

Je n'ai point dans cet ouvrage de règle fixe ; je cède aux inspirations du moment. C'est dans l'ensemble que se retrouvera ma pensée entière. Je vais parler de Charles X.

Dès l'instant où ce roi fut ou se crut le maître absolu de la France, il renouvela les fautes de sa jeunesse ; il imagina de gouverner à son gré. Dieu s'irrita contre lui ; il fut conduit en exil, et cette peine est plus forte que la mort. Mon exemple est pris dans l'apocalypse, chap. 18, verset 3 ; c'est Dieu qui a donné le courage aux Parisiens de renverser son trône et de lui fermer les portes dela France pour toujours. J'avais prévu cette chûte ; je l'avais annoncée à de nombreuses personnes distinguées ; j'ai fait constater par écrit l'événement que j'entrevoyais ; ma précaution est constatée par quatre signatures respectables, quatre mois avant les trois journées.

Lorsque ces trois journées furent accomplies, la couronne fut offerte à Louis-Philippe. Les pouvoirs de l'état approuvèrent le choix de ce prince, la France applaudit ; le peuple attendit une grande amélioration de son sort ; le commerce reprit son activité bienfaisante ; la liberté ressuscita ; on vit dans ce changement subit un bon roi aimant les pauvres, pardonnant et faisant du bien à ceux qui lui avaient fait du mal. Cependant on a conspiré contre lui. Je vous dis qu'il éclatera une conspiration plus puissante encore que tout cela, elle sera approuvée par le ciel, et elle remportera la victoire. Cette assertion est puisée dans l'apocalypse, chap. 18, verset 4. J'ai annoncé à mes concitoyens l'orage affreux qui se prépare dans la grande cité ; après cet événement, on verra, leur ai-je dit, les parisiens prendre les armes, et renverser tout. Le temps est proche; mais Dieu seul en sait le jour. Le ciel a déjà indiqué ce combat par l'apparition de l'étoile flamboyante du matin, les 8, 12 et 13 août 1832. Le tranchant d'une épée traversait cette étoile de part en part. Un de ses côtés étant plus long que l'autre, je l'ai nommé le côté républicain, parce qu'il dominait sur le côté du coq.

Des hommes irréfléchis disent que Dieu ne se mêle point des affaires politiques des états; ils s'abusent; c'est comme s'ils osaient prétendre qu'un bon père de famille ne s'occupe point du sort de ses enfans. Dieu conduit et dirige tout; il donne les idées, il inspire le courage et fait naître les occasions pour renverser les trônes. C'est ainsi que je trouve dans les phénomènes célestes et surtout dans un passage de l'écriture sainte que la France deviendra une république, et que cette république existera peu de temps. Ce genre de gouvernement sera doux, prudent ; il ne fera aucun tort à personne, mais il punira les coupables. Je m'empresse d'ajouter que les partisans d'un système impossible seront trompés, s'ils croient que Dieu donnera à la France une nouvelle forme pour préparer le retour des princes exilés ; qu'ils renoncent à cette chimère. Je vais expliquer, suivant mes prévisions, pourquoi la France sera un moment encore en république.

La sagesse toute puissante nous a conservé, dans le trésor inépuisable de ses bontés, un prince que l'on croit mort, sur le retour duquel on ne compte plus.

Peu de temps après le rétablissement de la république, on recevra, de la part de l'ambassadeur à Vienne, l'avis certain que Napoléon II est vivant : toute la

France sera étonnée. Les conseils de l'état, d'accord sur ce point, demanderont à l'empereur d'Autriche, qu'il leur rende ce prince chéri à qui le trône appartient.

L'empereur d'Autriche refusera ; il tient en sa puissance les restes de la famille des Bourbons ; il se préparera à la guerre, et la France le préviendra en la lui déclarant.

Voici donc, Français, une nouvelle guerre; vous verrez les troupes marcher vers le nord; elles augmenteront en force; bientôt elles seront complètes, prêtes à combattre. Les hostilités commenceront. La Romagne en sera le premier théâtre ; Rome sera prise et l'armée s'y réunira, en attendant que Napoléon II soit proclamé roi, ce qui surprendra l'Europe.

Dieu fera éclater, dans ce moment extraordinaire, sa puissance et sa volonté. Napoléon II paraîtra à la tête d'une armée ; il s'avancera vers les Français qui lui tendront les bras et lui ouvriront leurs rangs. Les armes tomberont des mains ; les conseils de la république appelleront Napoléon à Paris. La puissance divine dira : venez conduire mon peuple jusqu'à ce que votre père arrive ! C'est en vain qu'on a cru que sa mémoire était effacée !

Vous vous réjouissez, Parisiens, à la vue du jeune Napoléon que vous aviez cru perdu ; vos transports se communiqueront à la France entière ; vous bénirez le nom du Fils, et vous ne désespérerez plus de saluer le père ; vous serez glorieux des victoires de juillet, qui ont préparé à vos brillantes destinées ce dénouement imprévu. Vous admirerez la sagesse céleste qui, pour éviter les conjurations contre Napoléon II et les recherches contre Napoléon le grand, a permis que le bruit de leur mort servît de sauve-garde à leur réapparition miraculeuse.

Tel est le motif de l'établissement de la république

que j'ai annoncé ; cet événement amènera de l'exil l'empereur et son fils. C'est moi qui sais qu'ils seront conduits dans la capitale de la France. Je ne puis me tromper ; ma prévision, sur ces faits, est tirée de l'apocalypse, chap. 18, verset 7.

Toutes les illusions auront alors disparu. La paix et l'union viendront avec Napoléon calmer les douleurs d'une trop longue absence de vingt ans. Les puissances étrangères trembleront à son aspect, l'Europe le respectera, et la France sera dans la joie la plus pure.

Rétrogradons maintenant, et puisque les lecteurs savent déjà que je ne suis d'autre ordre que celui de mes inspirations, revenons sur ce qui a précédé la brillante époque dont je viens de donner une premíèe idée.

Je vais faire comprendre comment il est vrai que j'ai pris dans l'apocalypse de S.t Jean, les matières que je traite et comment les hommes, doivent croire à l'Ecriture Sainte et à l'utilité de mon ouvrage.

Aussitôt que Napoléon eut réuni sous sa main les forces qui lui étaient nécessaires, il s'empara de l'Agneau visible, (du Pape) le véritable Roi de la terre. Or l'Agneau invisible c'est Dieu. Ceci est pris dans le chap.e 17, verset 14.

Il fit conduire le vénérable Pontife de ville en ville jusqu'à Paris, en exigeant de lui ce qu'il ne pouvait pas faire.

Napoléon se croyait un maître absolu, et il ne pensait pas que Dieu était au-dessus de lui.

Après cette première victoire sur l'agneau visible, la guerre éclata sur la Russie. Lisons pour nous convaincre de ces faits au chapitre 17, le verset 17. Dieu avait inspiré à l'empereur le dessein de suivre sa propre volonté jusqu'à ce que la parole éternelle fut accomplie. Il le condamna à porter toutes ses forces à Moscow ; là, cette parole fut accomplie ; il fallut abandonner l'espoir des victoires : génie, soldats, tout devint la proie du destin. Le verset 17 est donc maintenant très-intelligible.

Passons aux versets 9, 10 et 11 du même chapitre ; ici nous verrons ce qui peut le mieux satisfaire la curiosité de l'esprit ; c'est tout ce qu'on peut raisonnablement présenter de plus juste.

Je méditais sur ces trois versets, aussitôt que Napoléon fut parti pour aller en exil ; je les lisais et j'apercevais sept rois, dont cinq ont péri. Il en restait un ; d'après mes prévisions, c'était Napoléon, dirigé vers sainte H lène. L'autre (le septième) n'est pas encore venu ; mais il arrivera et son règne ne sera pas long. C'est là ce que l'écriture sainte nous annonce en parlant de la mort. C'est donc à Louis XVIII que se rapportait l'indication de la mort ; ainsi le sixième roi a cessé. Il en est un encore ; il faut le trouver mort ou vivant comme les autres ; les hommes n'ont pas su comprendre cette vérité.

Continuons de lire dans l'apocalypse jusqu'au chap. 18, verset 17 ; là nous le trouverons vivant, et dans le verset 18 il sera mort.

L'article suivant est pris dans le même chapitre 18, verset 3 ; il s'agit de la fin de Charles X. Peut-être serait-il trop difficile de l'expliquer en ce moment. Le jour viendra où je le ferai comprendre.

Arrivons au verset 4 du chapitre 18. Dieu a fait monter Louis-Philippe sur le trône des Français ; il a, dans sa sagesse infinie, assigné un terme à ce règne, et lorsque ce terme sera arrivé, on se rappellera que la fin de ce verset dit : sortez de Babylone, mon peuple !.... S'il y avait écrit : mon peuple de Paris sortez! tout le monde connaîtrait son véritable sens. C'est le moment où, par la volonté du ciel, le choléra-morbus nous a fait subir l'épreuve si terrible, dont nous avons été les témoins et les victimes. Les habitans de Paris ont voulu s'enfuir en nombre considérable. Ce verset porte encore de ne pas participer aux crimes qui ont été commis, et remarquons bien que le principal des crimes n'est autre chose que la mort du roi. Cela veut dire en outre que tous les habitans de Paris devront prendre les armes. La conspiration est consommée ; elle était tellement puissante, que Dieu même n'a pas cru devoir l'empêcher. Voilà donc ce qui avait été prédit par le verset 4 du chap. 18.

Si nous portons nos regards et nos attentions sur le texte des versets 5 et 6 du même chapitre.

Le crime étant accompli, il n'est plus étonnant de voir s'établir une république, puisque le trône est renversé. Les versets 5 et 6 annoncent qu'il n'y a plus de roi ; tel est le motif pour lequel Dieu donne alors une république à la France ; mais aussi c'est pour préparer et pour faire agréer Napoléon, empereur. C'est là ce qui se voit clairement dans les versets 9, 10 et 11 du chap. 17.

Nous savons, par ce que nous avons déjà dit, qu'il restait un roi à venir ; il est trouvé dans le chap. 18, verset 7 ; on y lit en propres termes : je suis sur le trône royal.

Dieu donc a fait cette merveille qui nous révèle sa puissance et sa volonté : il a créé une république pour relever ensuite, avec plus d'éclat, le trône royal sur lequel il a fait asseoir l'empereur Napoléon. Tel est le sens, tel est l'esprit positif du texte du verset 7, au chapitre 18 de l'apocalypse.

En parlant du grand Napoléon, le verset 11 du chap. 17 dit : la bête qui existait n'existe plus. C'est ici le cas de reconnaître que l'empereur était et qu'il a cessé d'être.

Dieu a voulu, et il faut l'avouer, que celui qui entreprend des choses au-dessus de son pouvoir, soit confondu. L'écriture sainte l'appelle la bête. Napoléon attaque l'Espagne, et il ne réussit pas; il s'en prend à l'agneau visible, et il est puni; il fait la guerre à la Russie, et il succombe.

On trouve enfin dans ce verset 11, que quoique la bête soit au nombre de sept, et que ce nombre indique sept rois, elle doit périr. C'est toujours de Napoléon qu'il parle, ce qui veut dire qu'aussitôt que ce grand monarque sera rendu à sa capitale et à ses peuples, les hommes crieront au miracle; ils croiront qu'il est ressuscité et qu'il ne mourra plus; mais ils sont dans l'erreur : nous avons démontré ce qui doit arriver; nous y reviendrons plus explicitement. En attendant il faut consigner ici que le verset 11 porte qu'il est condamné à la mort par la volonté du ciel.

Je vais plus loin et j'ouvre, avant tout, Français, le chapitre, verset 1.er de l'apocalypse. J'y lis : après cela, je vis une porte qui s'ouvrit tout-à-coup dans le ciel, la voix que j'avais entendue, qui m'avait parlé avec un son semblable à celui d'une trompette, me dit : montez ici et je vous ferai voir ce qui doit arriver à l'avenir. Ce don m'a été départi, Français, je crois être le premier auteur parmi notre nation, gratifié de ce précieux bienfait qui révèle les destinées futures de ma patrie. Ce n'est ni la naissance ni l'instruction qui m'ont acquis ce privilége incomparable. Je pourrais rapporter et invoquer des témoins pour cela, que déjà les premiers fragmens de mon ouvrage étaient écrits, tels que l'esprit des écritures saintes me les avait inspirés, que je m'étais proposé de les livrer à la publicité, il y a assez long-temps; que j'en fus empêché par des considérations indépendantes de ma volonté. On me demandait d'abord à quelles sources j'avais puisé mes prévisions; on mettait en doute que j'en fusse le véritable auteur; on m'objectait que j'avançais des choses alarmantes et incroyables; on exigeait de moi pour l'imprimer, des retranchemens qui eussent dénaturé tout mon travail. Je renvoyai à un autre temps l'exécution de mon projet. Ni par ce que j'annonce, ce que j'ai lu dans les livres sacrés, sur la destinée du roi Louis-Philippe et de son trône; ni par ce que je dis que la république remplacera encore une fois le trône royal, ni par ce que j'ai vu dans ce texte éternel le retour de Napoléon II et de son père; ni par ce qui me reste à développer sur la fin du grand empereur et sur la destruction de la Babylonne, je ne saurais résister au devoir que m'impose cette inspiration. Je remplis la volonté de celui qui m'a ouvert les yeux sur l'avenir de la France.

J'ai continué mes recherches et mes méditations.

Voici donc deux nouveaux versets de l'apocalypse qui vont répandre un plus grand jet de lumière sur tout ce que j'ai dit jusqu'à présent. Ce sont les 12 et 13 du chapitre 17.

Les dix cornes de la bête sont dix rois qui n'ont point encore régné, mais la puissance leur sera donnée pour peu d'instans après la bête elle même; ils se proposeront un même objet; ils viseront à un résultat unique; c'est-à-dire qu'ils transmettront leurs forces réunies à la bête. Ainsi se vérifie cette période de vingt-cinq ans de victoires qui ont illustré la France. Dieu ne vient point se personnifier sur la terre pour accomplir sa volonté; il choisit l'homme qui lui plaît pour la réalisation des saintes écritures; il lui dit: tu renverseras et tu relèveras les trônes ; tu complèteras les dix rois et tu leur donneras force et puissance; je détruirai tout ce qui paraîtra devant toi ; je t'arracherai à tous les dangers ; tu marcheras contre tes ennemis avec la rapidité de l'éclair ; rien ne t'arrêtera ; cependant, quand je le voudrai, ton empire cessera, je permettrai ton exil ; je viendrai t'en retirer ; je te ramènerai à ton peuple, et tu règneras sur lui jusqu'à la destruction de la Babylone.

Tel est l'ordre du destin. Voyons s'il a été exécuté conformément au 13e verset, puisque le 12e est rempli.

Dieu conduit l'homme de son choix par l'esprit ; Napoléon est cet homme ; il devait être le plus grand conquérant de l'Europe, et il l'a été. On le voit au siége de Toulon, attaquer, combattre et vaincre les ennemis ; il vole à l'armée d'Italie, et rien ne lui résiste, pas même l'agneau visible, parce que la volonté qui le guide n'a point de bornes. L'Allemagne entière se soumet aux traités qu'il impose. L'aveuglement et la jalousie s'irritent de ses triomphes ; on menace de le faire comparaître devant les conseils du gouvernement ; il répond qu'il viendra à la tête de son armée ; on l'envoie en Egypte ; il n'hésite pas un seul instant ; partout où il doit se montrer, les lauriers croissent en abondance, et il les moissonnera. Rentré en France, il expulse les conseils, et il est proclamé consul ; bientôt il rassemble ses guerriers, transporte ses armes dans les plaines de l'Italie, ramène la victoire sous ses drapeaux ; il contraint ses ennemis à signer la paix.

Le héros reparait dans Paris. On demande quelle récompense est digne de sa valeur ?..... L'empire !..... A ce mot tout s'humilie en sa présence, il accepte le trône, et le chef visible de l'église accourt pour le sacrer.

Une dignité aussi élevée devait blesser l'orgueil des

rois ; ils se coalisent, ils lui déclarent la guerre ; mais le soleil d'Austerlitz le venge des préparatifs immenses qu'on a faits ponr le précipiter du haut de sa splendeur. Les armées de l'Allemagne, de la Russie et de l'Angleterre tombent sous ses coups. Les rois honteux capitulent et s'écrient : c'est un Dieu qui frappe sur nous!.... Erreur, Français, ce n'est qu'un homme, mais guidé par la volonté de Dieu.

Parlerons-nous des victoires de Wagram, d'Iena, de Friedlan et de tant d'autres ? Réfléchirons-nous sur la guerre d'Espagne soutenue, non contre son roi, mais contre les habitans ? Ici, Français, un nouvel ordre de choses détruit presque complètement l'illusion. Napoléon change de femme, il obtient la fille des Césars qu'on n'ose lui refuser.

C'est Dieu, n'en doutons point, qui autorise cette union de laquelle naîtra un successeur : dire pourquoi et comment cet événement s'accomplit, ce n'est pas le moment.

Peu de temps s'est écoulé depuis que l'Allemagne a cessé de combattre. La Prusse veut à son tour tenter la chance des armes ; il est inutile de retracer les victoires qui ont alors illustré le nom du grand Napoléon. Sept jours ont suffi pour envahir le territoire des Prussiens.

La Russie a vu l'empereur français, le roi Frédéric et leurs alliés baisser leur front et signer des traités de paix. Elle veut se lancer dans la carrière périlleuse. Elle est battue, humiliée, et la paix qne Napoléon lui accorde comme aux autres potentats soumis, devient le signal du plus haut degré de la gloire pour la France.

Non, Français, la parole sacrée ne restera pas ainsi sans être accomplie ; il faut que tout se réalise comme l'a prédit l'évangéliste Saint-Jean en termes mystérieux que la volonté céleste m'a permis de comprendre et d'expliquer.

La Russie n'est pas vaincue. Napoléon veut la détruire; il veut s'emparer de sa capitale qui ne lui a pas encore ouvert ses portes. Les armées françaises entrent en Pologne; il arrive à Moscow, et là, au milieu des rigueurs de la saison, assailli par les glaces, la neige et les frimats, s'accomplit la parole sacrée : les dix rois transmettront leur force et leur puissance à Napoléon.

Ces forces, cette puissance ont été épuisées. Le moment n'est pas loin où toute la gloire du grand homme va s'exiler sur un rocher implacable.

L'on a pu comprendre que ces événements étaient annoncés dans l'écriture sainte; le chap. 17 de l'apocalypse me les avait fait connaître; le chapitre 18 vient d'en fournir l'explication. Le dernier verset porte : la femme que vous avez vue est la grande ville qui règne sur les rois de la terre.

En 1812, tous les souverains ont été obligés de subir la loi de la grande ville, qui est Paris.

Je vais terminer mes prévisions, Français, il me reste à vous faire connaître la fin de Napoléon et la destinée de notre chère patrie. Soyez attentif aux dernières inspirations que j'ai puisées dans l'écriture sainte.

Napoléon reparaîtra, je vous le repète, après vingt ans d'exil : *amen*, *amen*, *dico vobis*. Dieu l'a conservé pour gouverner encore ses bien aimés sujets. Que d'acclamations de joie se feront entendre! Son premier soin sera de remettre tout en l'état où il l'avait laissé. La guerre ne fera plus retentir ses déchiremens et ses fureurs. Les opinions ralliées, le commerce florissant, l'agriculture rassurée, les beaux arts protégés, la religion affermie, donneront à la France le spectacle ravissant du bonheur. Mais la population de Paris aura été fortement diminuée ; tous les anciens soldats y seront appelés.

Le calme sera bientôt interrompu, le silence de la paix fera retentir avec plus d'éclat les gémissemens des victimes immolées à la haine. Napoléon les étendra ; il sera irrité contre ceux qui l'auront oublié, abandonné et trahi ; il donnera des ordres pour s'assurer de leurs personnes. Aussitôt on verra les prisons encombrées de captifs. Le chap. 18, verset 13, l'annonce d'une manière certaine, et l'on peut s'en assurer encore dans le cinquième psaume de la pénitence.

Napoléon voudra punir de mort tous les prisonniers ; mais Dieu qni a marqué la fin de sa carrière et qui prend pitié des malheureux, les sauvera par sa toute puissance, car il est écrit dans le 5.e psaume de la pénitence ; Dieu a jeté les yeux sur la terre, il a entendu les lamentations de ceux qui sont dans les fers ; il a rompu les chaînes de ceux qui sont condamnés à la peine de mort.

Nous verrons par quel motif les détenus sont délivrés.

La guerre éclate, les armées sont complètes. La France est avertie que les ennemis ont attaqué ses frontières. Napoléon suspend son courroux envers les captifs ; il part avec précipitation. Les étrangers sont si nombreux que les Français se retirent jusques dans leur capitale que l'écriture sainte dit être la Babylone. Le canon tonne de toute part ; le désordre augmente de jour en jour, comme je le lis dans le verset 9 du chap. 18. Les flammes s'élèvent ; l'embrasement s'étend ; Napoléon meurt au milieu de ses défenseurs : c'était là le comble de ses vœux.

Ainsi finira l'empire de Napoléon. Ce grand homme sera enseveli dans la cendre de la Babylone. Les honneurs funèbres lui seront prodigués au bruit de deux mille pièces d'artillerie qui feront feu sur la cité. Napoléon et la Babylone périront ensemble.

En vérité, en vérité, Français, je vous le dis : j'ai vu dans l'écriture sainte d'autres événemens annoncés dont je ne vous parle pas dans ce moment. Un passage m'annonce que dans peu de temps Lyon deviendra la capitale du royaume.

FIN.

Lodève, Imprimerie de GRILLIÈRES, Libraire

www.ingramcontent.com/pod-product-compliance
Ingram Content Group UK Ltd.
Pitfield, Milton Keynes, MK11 3LW, UK
UKHW020540230726
13925UKWH00006B/2402